KB092226

감자꽃 피는 오월

김정윤 시집

시음사
시사랑음악사랑

본문
시낭송
감상하기

QR 코드   스마트폰으로 QR 코드를 스캔하면
시낭송을 감상할 수 있습니다.

 제목 : 아버지의 바다
시낭송 : 박영애

 제목 : 해바라기
시낭송 : 박영애

 제목 : 하지 못한 말
시낭송 : 박순애

 제목 : 감자꽃 피는 오월
시낭송 : 박태임

 제목 : 마지막 카네이션
시낭송 : 박영애

 제목 : 그리운 어머니
시낭송 : 박영애

 제목 : 어머니의 첫 기일(忌日)
시낭송 : 박영애

 제목 : 문상(問喪)
시낭송 : 박영애

 제목 : 미망인
시낭송 : 박영애

 제목 : 벗어야 오는 봄
시낭송 : 박순애

 제목 : 고향길
시낭송 : 김지원

 제목 : 황혼 학술제
시낭송 : 최명자

 제목 : 다풀 농원
시낭송 : 박순애

시인은 자연을 이야기하고
시낭송가는 자연을 품었다.
글자는 날개를 달아 언어로 날고
소리는 자연에 눕는다.

시인의 말

팽이갈매기의 울음소리에
동이 트는 고향 울릉도를 뒤로하고
떠나온 사십 년
여름을 부르는 망종(芒種)의
뜨거운 햇볕이
감자꽃 꼭지에서 타고 꽃이 시들어
영글지 못한 감자알 때문에
배고픈 유년 시절의 일기장
의지할 곳 없는 사십 년 타향살이
고달픈 삶의 일기장을 공개한다
시인의 꿈을 꾸며
문학을 공부한 것도 아니다
글이라고는 초등학교 시절 글짓기
경연대회에 나갔던 기억뿐
꿈같은 등단과 시인의 길
아직도 나는 실감 가지 않는다.
지금까지 나는 시를 쓴 것이 아니라
그저 잃어버린 세월을 좇아
내 마음의 일기를 쓴 것이다
이제 나는 시를 쓰고 싶다
첫 시집을 낼 수 있도록 도움을 주신
여러분께 진심으로 감사드립니다.

시인 김정윤

♣ 목차

♣ 목차

울릉도(鬱陵島)

괭이갈매기의 울음소리에
동이 트는 섬 울릉도

오각형 섬 둘레에
에메랄드빛
바다가 띠를 두르고
영롱한 물빛이 황홀한
그곳에는
뱀, 도둑, 공해가 없고
물, 돌, 바람, 미인과 향나무가 많은
삼무(三無) 오다(五多)의 섬
오징어의 고향이 있다

전설이 넘실대는 섬을 돌면
천해의 비경 만물상
죽도, 관음도, 삼선암 코끼리바위
거북, 사자, 곰 바위, 촛대바위가
서로의 외로움과 아픔을 달래며
천년의 세월을 지내 왔다

섬의 심장을 뚫고 솟아나는 용출수
신령이 내린 물
신령수 한 모금 목을 축이면
오장 육부를 씻는 시원한 물맛에
신령이 된다

전설의 나무 너도밤나무와
섬단풍나무 섬피나무 원시림이
빽빽이 둘러싸인 성인봉에 오르면
형제봉 미륵봉 나리령이
산 아래 구름이
구름 아래 산이 있다

독도(獨島)

울릉도 동남쪽
뱃길 이백리
열점화산으로 태어난 섬

바닷속 심해의
울릉분지가 넓게 펼쳐진
해저 수로와 절벽이
육지와 다름없는 이곳에
심해의 생물들이
저마다의 강한 생명력을
뿜어내며 살고 있다

동도와 서도 사이로
세월의 풍화에
조각조각
살점을 찢어낸 여든아홉의
크고 작은 바위 섬들이
옹기종기
모여앉아 국토의 불을 밝히고

은빛 물결 위로

괭이갈매기들이 날아올라

상공을 선회하며 섬을 지키지만

때로는 주인 행세하려는

약탈자들 때문에 몸살을 앓는다

기암절벽 사이에

뿌리내린 빛고을 풍란이

거친 해풍에

매운 향기를 뿜어내며

외롭게 살아온 독도(獨島)

이제는

이름처럼 외롭지 않은

아름다운 섬으로 살고 있다.

아버지의 바다

긴 코를 바다에 박고
천년을 지켜온 코끼리
바위 너머 석양이 내리면
아버지는
해가 지는 바다로 나갔다가
해가 솟는 항구로 돌아온다

해를 삼킨 바다는
바닷속 보석함을 열어
아버지의 바다는
언제나 황금빛으로 출렁인다

삐걱삐걱
노를 저어 바다로 가는
배를 배웅한 등대는
불을 밝혀
아버지의 바다를 지킨다

석양은

어둠 속에 사라지고

바다로 나간 배는

수평선 너머 불빛 하나 되어

깜박깜박

밀려오는 파도와

숨바꼭질을 하고 있다

흔들리는 배 위엔

아버지와 동네 아재가

낚싯줄에 주렁주렁

풍어를 달고

바닷속에 잠자는 황금을 낚는다.

제목 : 아버지의 바다
시낭송 : 박영애
스마트폰으로 QR 코드를 스캔하면
시낭송을 감상할 수 있습니다.

성인봉 나리분지

울릉도의 최고봉
해발 984m 성인봉에 오르면
발밑에 구름이 지나가는 듯
구름 밑에 분지가 지나가는 듯
운무가 깔린 알봉과 나리분지
내가 신선이요. 신선이 나로다
동서 1.5㎞, 남북 2㎞
함몰된 칼델라 지형의 분화구
서북쪽으로 열린 화구벽에
북서 계절풍이 불어와 형성된
알봉과 나리분지
섬 고로쇠 섬피나무 군락지에
울릉국화 섬백리향의 꽃향기가
바람에 넘실대는 곳
전호나물, 취나물, 명이, 고비 나물
더덕이 지천이다
너와 지붕 투막집 구름이
쉬어가는 집
비단처럼 아름다운 나리분지 마을.

태하등대

풍랑과 뒤엉켜
가슴 조아리며 울부짖는
나에게 누군가
외로운 나그네라 말을 하지만
외롭고 쓸쓸하기만 한 것은 아니다
낮에는 일이 없어 한가하게
낮잠을 자지만
밤에는 긴장의 끈을
놓아본 일이 없다
밤마다 무사함을 기원하고
밤을 항해하는 선박들의
이정표가 되어 밤을 지새우며
서치라이트를 비춘다.

집어등이 되어

집어등을 켜놓고 유년의
일기를 쓴다
아버지는 바다 가운데에서
대낮처럼 불을 밝히고
켜켜이 둘러앉은 파도와
긴 이야기를 한다
천 길 물속의 풍광을 꽤고 계신
아버지는
언제나 만선의 꿈을 안고
바다로 나갔다가
아침이면
만선의 깃발을 돛대에 꽂고
손을 흔들던 아버지

세월 지난 언제부터인가
돌아오지 않고
행남 등대 아래에는
아버지의 그림자만 서성거린다.

명이 (산마늘)

서늘하고 습한
고산지대에 터를 잡고
차가운 눈 밑에서
겨울을 견디며 자라는 봄나물

개척민들의 생명을 이었다 하여
붙여진 이름 명이(산마늘)
강하고 끈질긴 성품의 생명력

봄이 되면 너를 만나
콧노래를 부르시던 어머니
꽃 피는 사월이면
채취한 명이를
청정바닷물로 숙성하여
암반 용출수로
명이 절임을 만들면
감칠맛이 넘실대는 식감
그 맛 깊은 향에 취해
연신 입맛을 다시던 어머니

삼겹살과 찰떡궁합이라며
봄에 입 맛없고
밥맛없는 사람은 다 오라시던
파란 잎 청정의 명이 쌈 맛을
자랑하시던 어머니 생각에
가슴이 찡해온다.

15

부지갱이

씹을수록 고소하고 향긋한
약초 향이 나는 부지갱이 나물
해풍을 맞고 자라
항상 부드럽고 푸르른 잎을
간직하고 있는 봄나물

된장에 무쳐 먹는
명품요리 특유한 맛과 향의 식감은
임금님 밥상도 부럽지 않다

봄이면
청정 특산물 부지갱이 나물의
맛과 향이 울릉도를 지킨다.

낮에 뜬 달

스산한 바람이
옷깃을 여미게 하는 새벽
백발 노모의
하얀 머리카락을 날리는
새벽 기도길

시위를 당긴 활처럼 휘어진
등을 업고
뒷짐 진 손끝에 낡은 성서
갈피갈피
세월의 바람이 읽고 지나간다

단풍 들면 온다던
앞서간 자식 생각에
서산마루 초라한 낮달이 되어
행여 돌아오려나
재 너머 동구 밖 길을
한없이 바라본다.

새해는

어둠의 바다
자전하는 지구
금빛 휘장(揮帳)을 두르고
새벽을 기다리는 새해
너는
잠자는 바다를 깨우고
박명(薄明)의
붉은빛으로 힘차게 솟아올라라

새해는
무병장수와 재복(財福)의
소원을 담은 동전 가래떡 위로
양지머리 육수의
뜨거운 김이 피어오르는
새벽잠 설친
아내의 정성이 담긴
떡국 그릇으로 찾아온다

아내의 웃음이 눈가에 자글자글
주름 꽃을 피우고

피해갈 수 없는 세월 앞에
활처럼 휘어진 두 다리가
휘청휘청 걸어가는
힘겨운 삶의 고통 속으로 다가온다.

새해는
황금빛 노을이 드리워진
수평선 너머에서
타는 불덩이로 솟아올라
큰 소망 하나
들어줄 것 같은 기다림 속에
오랜 지병으로
고단한 삶을 살아온 아내에게
건강의 축복을 기원한다.

해바라기

여린 풀잎에
봄비가 내립니다
하염없이 내리는
내 마음에
비를 맞으며
바라만 보아도
눈시울이 뜨거워지는
야윈 해바라기를 봅니다

기쁨보다
근심이 많았던
지나간 세월
세상에 뿌려진
숱한 눈물의 뿌리들이
가슴에 응어리 되어
까맣게 타버린 꽃

하얀 이를 드러내고
환하게 웃는 모습이
예쁜 들꽃이라 여겼던
당신은
무심한 세월을
바라만 보고 살아온
기다림의 꽃이었습니다.

삶이 고단하여 방황하는
등 뒤에서
그림자 되어
지켜온 꽃 해바라기
지나간 날보다 짧은
남은 삶은
당신을 위해 하늘에
해가 되고 싶습니다

제목 : 해바라기
시낭송 : 박영애
스마트폰으로 QR 코드를 스캔하면
시낭송을 감상할 수 있습니다.

하지 못한 말

청실홍실 곱게 엮은
하늘 인연 천생연분
뱃길 오백 리 천 리 기찻길을
해와 달이 같은 동갑내기
천생연분

연분 맺어 반평생을
하지 못한 말 당신을 사랑합니다.

잠을 뒤척이다 걷어찬 솜이불을
혹여 잠 깰세라 살며시 덮어주며
고통에 반이라도 함께 하고픈 밤

가슴에 하나 가득 눈물 맺힌 응어리
화석처럼 굳어버린
하지 못한 말 당신을 사랑합니다.

곱던 그 얼굴에

팔자주름 골을 파고

헝클어진 머리카락 손으로 빗질하며

빗장 풀고 기대선 핏기 없는 얼굴로

출근길 배웅하는 당신을 사랑합니다.

고운 틀

미운 틀을 가슴에 못을 박고

모질게 살아온 지나간 험난 세월

병마에 시달리는

당신 모습 바라보면

어리석고 안타까운 한 많은 지난 삶을

가슴 치며 후회하는

하지 못한 말 당신을 사랑합니다.

제목 : 하지 못한 말
시낭송 : 박순애
스마트폰으로 QR 코드를 스캔하면
시낭송을 감상할 수 있습니다.

감자꽃 피는 오월

여름을 부르는 망종(芒種)의
따가운 햇볕이
감자꽃 꼭지에서 타고
꽃이 시들어 영글지 못한
감자알 때문에
언제나 배고픈 오월

길게 뻗은 엄마 목에
흙먼지 비지땀이
골 깊은 주름을 타고
검게 줄을 긋고 흐른다

꽃대에 말라붙은 감자꽃을
바라보며
메추리알 같이 작은
감자알을 긁는 엄마의
가슴 아픈 호미 날 사연들이
옛이야기처럼
초록빛 오월 속에 묻히고

굳은살 박인 엄마의 손톱에
아픈 정표(情表)만 남긴 채
감자꽃 피는 오월은
먼 기억 속으로 사라져 간다.

제목 : 감자꽃 피는 오월
시낭송 : 박태임
스마트폰으로 QR 코드를 스캔하면
시낭송을 감상할 수 있습니다.

24

마지막 카네이션

엄마!
오래오래 사세요

백지장처럼 하얀 얼굴에
유난히 빨간 잇몸을 드러내며
웃는 어머니의 두 눈에
오래전 말라버린 한 방울
눈물이 고인다

무서운 한파가 창을 넘어
심장을 파고들고
심장 박동 계가 요란하게 울던 날
어머니는 끝내
겨울을 나지 못하시고
하나님 곁으로 떠나가셨다.

살아 쓸모없고
죽어 아깝지 않다던 어머니는
바람처럼 스쳐 간 백 년의 세월을
마지막
카네이션 한 송이 가슴에 안고
홀연히 어머니의 나라로 떠나가셨다.

제목 : 마지막 카네이션
시낭송 : 박영애
스마트폰으로 QR 코드를 스캔하면
시낭송을 감상할 수 있습니다.

첫눈

기다림 만으로도 따스했다
하얗게 소복을 하고 내리는
첫사랑의 순결한 첫눈
눈이 부신다
기대 반 설레임 반으로
사랑을 나누며 걸어갈
첫 발자국
어머니와 함께 찍어 놓고
가시던 그 길

맷돌 소리

밤이 되면
엄마는
사랑방에 보름달같이 둥근
멍석을 깔고
돌돌 맷돌을 돌린다

힘겹게 돌아가는 맷돌 속에서
처참하게 부서져 내리는
옥수수 가루가
상처투성이로 쏟아져 나온다

돌처럼 굳어버린
옥수수밥
찌그러진 양은 도시락
휘어지다 못해 목이 부러진
놋쇠 숟가락
유년의 그림자가

돌 돌 돌
힘겹게 돌아가는 맷돌 속에
한 맺힌 삶의 응어리들이
부서져 나온다.

그리운 어머니

밤하늘 별 바다
유난히 밝은 별 하나
나의 어머니
바라만 보아도 흐르는
눈물에 목이 메어옵니다

바람처럼 스쳐 간
백 년의 세월

차디찬 바닥에
무릎을 꿇고 눈물로
시작하는 어머니의 하루
눈물 젖은 어머니의
새벽 기도
소리가 들려옵니다

이 세상 무엇으로
가늠할 수 없는
봄날 같은 어머니
어렵고 힘든 일에도
웃음 한번 잃지 않던 어머니

밤하늘 별 바다

유난히 밝은 별 하나

나의 어머니

바라만 보아도 흐르는

눈물이 목이 메어옵니다.

제목 : 그리운 어머니
시낭송 : 박영애

스마트폰으로 QR 코드를 스캔하면
시낭송을 감상할 수 있습니다.

어머니의 첫 忌日

겨울비가
나목을 적시는
어머니의 첫 기일(忌日)
살아생전 어머니의
모습을 바라봅니다.

때 이른 한파가
기승을 부리던 겨울
삼베 수의
곱게 차려입으시고
잠자는 공주처럼
하얀 미소를 머금고
떠나시던 그 날을 생각합니다.

어머니!
세상에 보고 듣는 모든 것
헛되고 헛된 것이요
먹고 마시고 취하는 모든 것
허공에 피는 꽃이니 잊고 가소서

세간을 둘러보면
살아온 자취가
꿈속에 일과 같습니다
이제 높은 곳에서
먼저 가신
선친들과 함께할 것이니
모두 잊고 가소서

고요하고 적막 하나
어둠의 빛을 비추어
허공을 밝힐 것이니
두려워 마시고
고이 가시옵소서

마지막
착관(着冠)의 수의 자락을
내리시고 우리 곁을
떠나가신 어머니

오늘
어머니의 첫 기일
보잘것없는
정성을 들이오니
높은 곳에서 내려와
저희와 함께하소서 !

 제목 : 어머니의 첫 기일(忌日)
시낭송 : 박영애
스마트폰으로 QR 코드를 스캔하면
시낭송을 감상할 수 있습니다.

그리움

비가 내린다
톡톡
파편을 튀기며 떨어지는
빗방울은
방울방울
동그라미를 그린다

인적이 끊어진 초가집
처마 밑에서
잡초가 우거진 깨어진
장독대에서
방울방울
지나간 추억을 그린다

누군가
밟고 간 발자국에서
실개천 흐르는 개울가에서
엄마의 이마에
주름살 같은 파문이
겹겹이
그리움 되어 퍼져간다.

가을 아침

여명의 빛은
푸드덕
가을 철새의 단잠을 깨우고
밤을 새우며
목 놓아 울든 귀뚜라미
목쉰 소리를 재운다

파란 하늘
구름 사이로 부는 바람이
옷깃을 파고들어 닭살
돋는 새벽
고운 싸리비로 쓸어낸
넓은 마당처럼
맑고 깨끗한 하늘

흩어진 구름을 모아
해 뜨는 하늘에
구름 동산을 만들고
형형이 다른 형상의
구름 조각들이
타는 노을에 몸을 사르는
내 젊은 날
이루지 못한 꿈같은 가을
아침을 바라본다.

문상(問喪)

흐느낌이 흠뻑 젖은
영락원 뜰에도 봄이 왔다
꽃샘바람이
스치고 간 뜨락엔
눈물 젖은 꽃잎이 허공을
날고 있다

꽃이 진 자리에
연둣빛 속살을 드러낸
왕벚나무 작은 떡잎이
고개를 내민 울산 영락원

국화꽃으로
단장한 제단 위에
곱게 차려입은 영정을
바라보며

꽃은 지면
잎이 피는 것이
자연의 순리(順理)라면

한번 가면

다시 돌아올 수 없는

인생의 마지막 가는 길이

한없이 서글퍼진다

국화꽃 한 송이

제단에 올려놓고

가시는 길 고이 가시라

영위(靈位)에 기도하니

돌아가신

나의 어머니 생각에

목이 메어옵니다.

 제목 : 문상(問喪)
시낭송 : 박영애
스마트폰으로 QR 코드를 스캔하면
시낭송을 감상할 수 있습니다.

계곡의 소리

산행을 떠난다
태풍이 할퀴고 간
원형 탈모의 상흔들이
진한 아픔으로
다가오는
황금빛 들을 지나
팔만보경을 연못에 묻고
금당을 쌓은
천년의 사찰 청하 보경사

오랜 세월
사찰을 지켜온 노송들이
모진 풍파에 뒤틀린 몸으로
그려낸
한 폭의 산수화를 만난다

고달픈 삶에 지쳐
방황하는 영혼들의 간절한
소망이 담긴 돌탑 위에
이름 모를 이들의 소원 성취를
바라며 돌 한 조각 동냥하고
틈새에 부는 삶의 소리를 듣는다

고개를 들어 하늘을 보면
병풍처럼 펼쳐지는
기암괴석의 절벽에 뿌리내린
붉게 물든 단풍이
구름 갈피 사이로 흐르는 아름다운
풍경 소리를 듣는다

내연산 자락을 굽이 돌아
쉼 없이 흐르는 폭포수
가을 태풍에 살점이 찢겨나간
모난 돌덩이들을 치유하는
폭포 소리 쏴!
영혼을 잠재우는
맑고 청아한 계곡의 소리를 듣는다.

미망인

떠나지 못한
철새의 울음이 들려오는 밤
돌아오지 않는 그리움을
기다린다

어디쯤 오고 있을까
길 건너 포장집에
졸고 있는 주인을 잡고 앉아
외로움을 마실까

까맣게 잠든 주차장엔
희미한 불빛만 졸린 눈을
부비며 서 있다

금방이라도
문을 열고 들어올 것 같은
기다림의 문고리엔
세월만 쌓여간다

밤을 두드리는 시계 소리에
잠 못 드는 밤
미치도록 외롭고 그리워서
흐느끼는 밤
언제나 함께했던
그림자 하나 눈앞에 서성인다.

제목 : 미망인
시낭송 : 박영애

스마트폰으로 QR 코드를 스캔하면
시낭송을 감상할 수 있습니다.

38

벗어야 오는 봄

신나게 몸을 흔들어 땀을 빼고
큰 입을 벌린 채
가쁜 숨을 토해내고 있다
아내는
다 벗었다 다 벗었어를
연발하며 탈수한 옷을 털고 있다

두꺼운 겨울옷이
줄을 서서 차례를 기다린다

성급한 아내를 향해
불만 섞인 말투로
아직은 좀 이른 것 같은데
투덜대는 세탁기
벌써 두 번째 뜀박질을 하고 있다
오늘은 얼마나 더 땀을 빼야 할까

다 벗어야 오는 봄
기다리지 않아도 온다는데
아내는 두꺼운 겨울옷을 털어
빨랫줄에 늘며 햇볕 좋은
연둣빛 봄을 기다리고 있다.

제목 : 벗어야 오는 봄
시낭송 : 박순애
스마트폰으로 QR 코드를 스캔하면
시낭송을 감상할 수 있습니다.

고향길

쌓인 테트라포드 위에
챙이 긴 모자를 쓴
갈매기가 초병(哨兵)을 서고 있다

이른 새벽
방파제를 넘는 해무에
놀란 초병들이 날개를
퍼덕이는 여객선 터미널

밤을 지며 바다를 건너간
성급한 마음들이
아침부터 배낭 하나 가득히
설렘을 담고 들뜬 소리로
왁자지껄 대합실을 달군다

굵은 쇠사슬을 목에 걸고
선착장에 엎드린
연락선 썬플라워호는
밤새 내린 장맛비에
젖은 얼굴로 탑승을 기다린다

출항을 알리는 뱃고동 소리에
설레는 가슴 안고
개찰 구로 향하는 여객들이
하나둘
연락선으로 빨려들듯
탑승하는 행렬 속에

오래전
육지로 건너간 젊은 꿈
하나를 바라본다

사십 년 타향에서
고단한 삶에 만신창이 되어
찾아온 고향길

백발노인 되어
어머니의 품속으로 돌아온
집 나간 아이의 두 눈에
참았던 가슴 속 응어리들이
눈물 되어 흐른다.

제목 : 고향길
시낭송 : 김지원

스마트폰으로 QR 코드를 스캔하면
시낭송을 감상할 수 있습니다.

시집가는 날

서른두 살 딸자식
시집가는 날

망사 천 곱게 접어 면사포
올려 꽂고
치맛자락 끝자락을 구름처럼
내려깔고
행진곡 반주 맞춰
딸 손 잡고 걸어가니
하객들 축하 소리 정신이
혼미한데
성급한 사위 놈은
딸만 채어가는구나

폐백실 꽃방석
양가 친지 마주 앉아
상견례 인사 끝나기 바쁘게
성급한 사돈님

남의 딸 세워 놓고
밤 대추 던져 주며
아들딸 낳고
똘똘 뭉쳐
잘 살라는 시어른 덕담에

무엇이 그리 좋아 생글방글
웃고 있는 딸년 바라보니
안쓰럽고 불쌍한 맘
말로 어찌 다 할까.

든 자리 표시 없고 난 자리
크다는 말
누가 한 말이든가
주인 없는 딸년 방이 왜 이리도
넓고 큰지 텅 비어 허전한 맘
어찌 말로 다 할까.

황혼 학술제

오랜 세월 가슴에
묻었던 녹슨 소리의 화음들이
접었던 나래를 펴고
창공을 향해 날아올랐다

젊은 날
펼쳐보지 못한 채 접어버린
꿈의 날개를 퍼덕이며
창공을 향한 날갯짓은
이루지 못한 꿈의 노래로
승화되어
하늘 높이 퍼져간다

세월 속에 묻혀버린 숱한
아픔의 소리는
마음에서 마음으로 이어져
계곡의 흐르는
샘물처럼 맑고 고운 소리로
학술제의 빈자리를 채워간다

숨겨진 가슴 속 눈물이

방울방울

골 깊은 주름을 타고 흐르고

목멘 학술제의 합창 소리는

7월의 신록 속에

젊은 날 이루지 못한

꿈의 노래가 되어 울려 퍼진다.

제목 : 황혼 학술제
시낭송 : 최명자

스마트폰으로 QR 코드를 스캔하면
시낭송을 감상할 수 있습니다.

가을 애주가

황금빛으로
드리워진 저녁노을 속에
한잎 두잎
바람에 떨어지는 낙엽을 바라본다

가슴 아프게 보고픈 이도
애타는 그리움도 없는
쓸쓸한 마음에 낙엽을 밟는다

시끌벅적 주막엔 낯설지 않은
얼굴들이 술잔을 기울인다
좁고 긴 터널 속으로
미끄러지듯 파고드는 짜릿한
쓴맛의 유혹을 참지 못해 동석하고

다 함께 건강을 위하여
소리 높여 첫 잔을 비우고
고달픈 삶을 위로하기 위해
잔을 채운다
진한 외로움에 건배의 잔을 들고
서글픈 인생의 한풀이로 노래를 부른다

혈관 속을 헤집는 순도 높은
알코올이
기억의 뇌를 자극하여
잊어버린 과거사를 들썩이며
마음속에 잠자는
뿌리 깊은 과거들을 부추겨
풍선처럼 부풀린
말과 말들이 허공을 난무한다

비틀거리는 세상을 원망하고
또 원망하고
떨어지는 낙엽과 함께
스르르
무너지는 가을 애주가의 하루.

다풀 농원

꿈의 동산 다풀 농원에 가을이 온다
쓸쓸함이 자리한 가슴 한곳에
그리움이 밀려오는 지나간 추억

살갑게 반겨주는 둥지를 떠나
바다 건너 외로운 섬 아버지의 땅
어린 시절 꿈꾸던 꿈을 찾아 나선다

흘러간 지난 세월
가슴에 묻어둔 옥선(玉仙)의 꿈
서걱서걱
모래 먼지 일어나는
화산 분화구에 꿈을 심는다

무모한 도전이다 비웃는 웃음소리
귀먹은 아낙으로 말 못 하는 벙어리로
마가 나무 명이 뿌리 호미 날로 파고 묻고
붙박이처럼 눌러앉아
포기포기 땀방울에 눈물 심은 나날들

봄여름 가을 겨울 지나간 스무 해를
바람에 넘어 질까 빗물에 씻겨 갈까
안절부절 밤을 새며 꿈을 담은 세월

병풍처럼 둘러싸인 외륜산 골짜기에
가을이 오면
쓸쓸함이 자리한 가슴 한곳에
그리움이 밀려오는 지나간 추억
꿈의 동산 다풀 농원에도 가을이 온다.

 제목 : 다풀 농원
시낭송 : 박순애
스마트폰으로 QR 코드를 스캔하면
시낭송을 감상할 수 있습니다.

달집태우기

춤을 춘다
머리채를 풀어헤치고
미친 듯
몸을 흔들며 춤추는 여인
바람이 불 때마다
허리를 뒤틀며 날아올라
해묵은 액운을 태운다

진한 솔향을 뿌리며
춤추는 여인의 몸속으로
뛰어든
사악한 악귀들이
타는 불꽃에 몸부림치며
토해낸 검은 연기가
긴꼬리를 달고
하늘 높이 날아간다

훨훨
타오르는 불꽃 속에서
벽사진경(壁邪進慶)
사악한 액운들이 쫓겨가고
희망찬 새해의 날이 밝아온다.

벚꽃

꽃샘바람이 분다
바람의 파도
춤추는 너를 바라본다

하얗게 부서지는 포말
송이송이
함박눈이 내린다

화려함 속에
겨울의 슬픈 그림자
떨어지면서도
눈물겹게 아름다운
봄 속에 너를 바라본다

연등 축제

부처님 오신 날을
손꼽아 기다리는
태화강에 출렁이는 연둣빛
십 리 대밭

강변 돌아 이어지는
꼬리 달린 연등 행렬

세상사 온갖 희비 구구절절
담아 걸고
바람에 흔들리는 세상 담은
연등 꼬리
무슨 사연 담았길래
간곡 지성 흔들까

어둠과 고통을 걷어 내고
지혜와 자비가 충만한 세상
밝혀 주소서

봄바람 꽃바람이 강물 따라
불어오고
오월의 봄 꽃향기 가슴에 스며드는
태화강 연등 축제

영춘화(迎春花)

바람이 불고
솔비가 내리더니
몽니를 부리던 영춘화
밤새 몸살을 앓았나 보다

너는 봄의 전령사라는
이름을 달고
추운 겨울을 견디어 온
희망의 등대
노란 입술
벙글어 오르는 너를 보면
겨울을 참아온 쓰라린 아픔에
눈물이 난다.

5월 장미

담벼락에 주욱 늘어서서
저마다 폼 잡는 장미 년들이
이웃집 남의 총각 놈을
훔쳐보는 재미에 난리가 났다
총각 놈은 뜰 창가에
솔솔 불어오는
향기에 취해 비틀거린다

어느 봄날
눈 맞았다는 소문이
5월 하늘에 퍼져있다

오월

떨어진 꽃잎을 땅에 묻고
홀연히 떠나간
빈자리에 돌아온 오월

아직 산달이 멀었는데
불쑥 커진
만삭이 다된 가로수

바람이 불 때마다
돌출된 뿌리를 삐걱거리며
푸르름을
과시(誇示)하고 있다

봄 꽃향기에 취해 비틀거리는
오월에 등을 기대고
이제는
기억 속에 사라져가는
어릴 적 아픈 추억 허기진
보릿고개를 그려본다.

봄 처녀

춘삼월 꽃 피면
그리운 임
온다 했는데
임은 아니 오고
꽃만 활짝 피었구나

목련 하얀 꽃잎
탐스럽게 피어나고
연분홍빛 매화 벚꽃
가지마다 피었는데
임은 어디 갔나
소식조차 알 길 없네

꽃잎에 사연 담아
바람에 날려 볼까
흐르는 시냇물에
꽃잎 띄워 보내 볼까
혹여 꽃잎 바라보고
애타게 기다리는 이 마음
알아볼까

눈감으면 달려오는

날개 달린 백마 등엔

임은 아니 오고

빈 안장만 돌아오네

애타게 기다리는

봄 처녀 마음 알아줄까.

겨울 나목

사각사각
하얀 서릿발을 밟고
조심스럽게 다가오는 겨울
칼바람이 몰고 온 한파에
얼어붙은 몸을 부르르 떨고 있다

세월이 갉아먹다 남은 달빛에
긴 그림자를 드리우고
너덜너덜 쌓인 낙엽 위 낡은
노숙의 자리를 파고든다

무섭게 파고드는 냉기
울부짖는 바람 소리
돌아오지 않는 철새를 기다리는
겨울 나목은
살을 찢는 진한 삶의 고통을 참는다.

가을 하늘

태풍이 지나간
파란 하늘
층층이 하얀 구름
예쁜 구름 수채화를 그린다

동글동글
하얀 몽돌 구름 위로
푸드덕 날아오른 철새의
떨어진
깃털 하나가
파란 하늘을 떠다닌다

뭉게뭉게
피어나는 뭉게구름이
파란 하늘에
구름 수채화를 그린다.

돌아온 겨울

바람은
빗장 없는 아파트
출입문을 열고
윙윙
소리를 내며 들어와
이십 오 층
가파른 계단을 타고 단숨에
오르내리며
층층이 겨울 전단을 뿌린다

바람 소리에 문을 열면
하얀 방울이 달린
털모자에
하얀 벙어리 손 장갑을
목에 걸고
하얀 털신을 신은
아이가
품속으로 달려든다
상기된 두 볼에서
돌아온 겨울을 만난다.

설국(雪國)의 아침

소설(小雪) 한파가
마른 잎을
굴리며 눈을 뿌린다

서걱서걱
새 품을 흔드는
억새의 춤사위에도

화려한 가을을 연출한
떨어진 낙엽 위에도

언제나 푸른 젊음을
과시하는 노송의 활처럼
휘어진 허리 위에도

젊은 날 한순간 좌절로
탕진해 버린 지우고 싶은
과거 속에도
내리던 눈은

가지 끝 벼랑 끝에
멈춰버린 바람의 흔적만
남긴 채
하얗게 세상을 지워버린
설국(雪國)의
아침 풍경을 바라본다.

파도

먹구름이 드리워진 바다
태풍의 눈을 돌며
시퍼렇게 멍이 들어
해변으로 달려오는 파도

동글동글
닳아진 몽돌 위에
힘없이 부서진 파편들이
하얀 꽃잎처럼 흩어진다

접었다 펼쳐지고
다시 접어 부서지는
파도 같은
지나간 인생
속절없이 부서지는 남은
인생의 파도는 얼마나 될까?

잔설(殘雪) 속에 봄

세발자전거를 타고
살금살금
굴러오는 잔설 속에 봄

지구온난화로 몸살을
앓는 겨울

예고 없이 쏟아지는 햇살이
얼어붙은 산과 들을 매만진다

나목은 뿌리에서 우듬지까지
봄을 나르고
잔설(殘雪) 속에 피어난
너도바람꽃이 돌아온 봄을 알린다

달그락달그락
아이의 세발자전거 소리
잔설(殘雪) 속에
봄이 오는 소리가 들린다

바다가 되고 싶은 비

구름 속에 갇혀
기약 없는 세월을 떠돌던
바다가 되고 싶은 비

몸을 던져 바다에 뛰어들어
미친 듯 입맞춤으로
사랑을 고백한다

사랑에 흠뻑 취해
벌겋게 달아오른 얼굴로
사랑의 정표를 그리는 바다

바다가 되고 싶은 비는
끝없이 펼쳐지는
꿈의 바다로 길을 떠난다.

시월의 절규

황톳빛 계곡 붉은 강물이
흐른다
짓밟힌 가을 들판에 허리 꺾인
벼 이삭
검은 꽃잎이 강물에 떠다닌다

천상의 빛은 구름 속에
외면하고
세상을 향해 달려오는 태풍
또다시
시퍼런 날을 세워 몰려온다

숨 쉴 틈 없이 몰려오는 태풍
둥지 잃은 난민들의 원성이
높아만 간다.
재난 대책위는 뭘 하고 있을까?

벼랑 끝소리

겨울이 대롱대롱
벼랑 끝에 매달려
힘없이 떨어진다

밤이 깊어 갈수록
선명하게 들려오는
청아한 소리

똑똑
봄을 재촉하는 소리
소리가 빨라질수록
봄은 곱게 다가오고 있다.

폭염 속에 세레나데

나뭇잎 사이로 반짝이는
이슬을 먹고
맑고 고운 소리로
한낮의
세레나데를 부르는 매미

칠 년의 오랜 세월을
어둠의 공포 속에
뿌리의 수액을 빨며
인고의 삶을 살아야 하는
기구한 운명을 타고난 매미

오직 종족 보존을 위한
숭고함으로
유충의 마지막 허물을 벗고
보름간의 짧은
성충의 생(生)을
목이 터지도록 구애하는
폭염 속에 세레나데를 부른다.

춤추는 허수아비

며칠째 뿌린 장맛비에
토라진 벼 이삭들이
초록빛 팔을 벌려
하늘을 향해 풍년을 기원한다

달빛에 달려온 가을바람이
까칠하게 날이 선
벼 이삭의 머리를 쓸며
풍년을 약속하는 바람 소리에
신바람이 난 허수아비
양팔에 걸친 윗도리를 펄럭이며
어깨춤을 추고 있다.

봄은 오고 있었다

세상이 잠든 사이에도
봄은 오고 있었다
산과 들
강변 가로수들이
내가 악몽을 꾸고 있을 때
봄은 오고 있었다

개나리 진달래꽃
이름 모를 들꽃까지
내가 어둠을 헤매고 있을 때
꽃이 피고 있었다

실버들, 십 리 대밭 숲속에
새싹들은
내가 계절을 잊고 있을 때
연둣빛 작은 손을 흔들며
다가오고 있었다

응달진 곳 어디선가 웅크리고
떨고 있을 소녀 가장의 뜰에서도
봄은 오고 있었다.

재야의 소리

선달그믐 밤 자정에
울리는
마지막 가는 해의 소리

어둠을 걷어 내는
서민들의 아픈 가슴을
울리는 소리

해묵은 날들의
백팔 번뇌를 지우며
어둠 속을 퍼져나간다

무겁게 내려앉는
눈꺼풀 속에 갇혀버린
한해의 슬픈 환영(幻影)들을
쫓아 보내고
새해의 아침을 여는
재야의 소리가 멀리 퍼져간다.

악마의 눈

흩어진 기류를 모아 시퍼렇게
날을 세워 몰려오는 태풍 타파

하얗게 서리 내린 바다
거친 비바람을 몰고
광란의 질주를 벌이고 있다

하늘이 무너지는 괴성을 지르며
미친 듯 달려들어
강풍과 물 포탄으로
멍든 상처를 짓밟고 지나간다

초토화된 새들의 보금자리
둥지를 잃어버린 새들의
울부짖음이 거친 파도에 휘말려
하얗게 부서진다

또다시 몰려오는 악마의 눈
태풍 미탁
둥지 잃은 새들은 공포에 떨며
따뜻한 손길을 기다리고 있다.

이별의 노래

뜨겁게 달아오른 열기
흐르는 땀방울 속에 정이든
여름은
노랗게 탈색해 가는
은행잎을 따라 가을로 간다

흐느끼듯 들려오는
가을비 내리는 소리에
한기를 느끼며
바람을 닫아 빗장을 채운다

따스함이 그리워지는 밤
담장으로 숨어든 귀뚜라미가
구슬픈 이별의 노래를 부른다.

공이 돌 밥상

유월의 초원 위에
검 초록 소나기가 굽이쳐
지나간다.

한줄기 지나간 남은
빗방울이
유리창에 추억을 그린다.

대청마루 댓돌 위에
공이 돌 밥상
돌 하나 밥그릇
돌 둘 국그릇
공이 돌 밥상 차려놓고
너 각시 나 신랑
소꿉놀이하던 시절

창밖을
지나가는 초록비 따라
하늘길 떠나간 친구
생각에
까맣게 잊어버린
추억 하나 그려본다.

여명(黎明)

빠르지도 늦지도, 넓지도
좁지도 않은 보폭으로
침묵 속에 리듬을 타고
정해진 시간을 향해 걸어간다

어둠을 걷는
정렬된 침묵의 소리
숨이 막혀오는 중압감
열병식을 걷는
병사의 긴장감으로 다가오는
시간 속에 여명(黎明)은

언제나 같은 것 같은
같지 않은 시간과 공간 속으로
같은 것 같은 같지 않은
어둠의 장막을 걷고
같지 않은 일상(日常) 날을
열기 위해 조심스럽게 다가온다.

유월의 소리

현충일 국립묘지를 찾아온
유족들의 참배 행렬이 이어진다

포화 속으로 사라진 영혼들의
울부짖음이 들리는 현충원
줄지어 서 있는
호국 영령들의 묘비를 보며
오랜 세월 잊혀진 소리를 듣는다

전선으로 향하는 병사들의
뜨거운 충정의 발자국 소리
나라를 위해 목숨을 바친
어린 학도병들의
안타까운 비명을 듣는다

이름 모를 산골짜기
우거진 숲속에서 홀로
숨져간 병사들의 한 맺힌
만세 소리

자라는 아이들의 가슴에
영원히 새겨야 할
고귀한 죽음
그 영혼의 소리를 듣는다.

봄나들이 가자

꽃 피는 봄이 오면
봄나들이 가자
장롱 속에 잠자는 등산복
갈아입고 설레는 가슴으로
봄나들이 가자.

빨강 노랑 봄꽃 꺾어
가리마 옆에 꽂고
산길 계곡 따라 흐르는
개울물을
한 손 받아 입에 물고

큰 바위 돌아 폭 좁은 산길을
이산 저산 걸어가며
틈새에 피어나는
이름 모를 들꽃 향기
가슴 가득 마시는 봄나들이 가자.

뒤돌아갈 수 없는 지나간
아픈 세월 모두 다 잊고
춘삼월 꽃 피면 봄나들이 가자.

바람의 자리

수평선 너머 파도를 굴리며
뭍으로 달려오는 바람
눈덩이처럼 커진 파도는
큰 입을 벌려
테트라포드를 삼킨다

파도가 뱉어낸 하얀 포말들이
방파제 위에 퍼덕이고
바람은 홀연히 자리를 떠난다

비릿한 바람에 비틀거리는
가로수 떨어진 나뭇잎은
미친 듯 거리를 헤매며
바람의 자리를 찾고 있다

실체 없이 존재하는
바람의 자리에는 언제나
삶의 파편들이 피를 흘리고 있다.

어제보다 더

어제보다 더 선선한 바람이
불어오는 아침을 열면
파란 하늘에 하얀 조각구름이
옹기종기 둘러앉아
도란도란 가을을 속삭인다

한들한들 고개를 흔들며
춤추는 코스모스가
까맣게 잊어버린 추억을
우려내는 가을 길목에

발그스레 덜 익은 전령사들이
가을을 호객하는 시골 장터에
어제보다 더
가깝게 다가온 가을을 느낀다

눈 부신 햇살을 담고
흐르는 강물은
바람이 불 때마다
어제보다 더 아름답게 반짝인다.

민둥산 억새밭

억새들이
부대끼며 살아가는
가난한 민둥산 마을이 있다
그곳엔
달밤이면
은빛 물결로 출렁거리고
이웃 간
이야기꽃을 피우지만
칠흑 같은 어두운 밤이면
깊어 가는 시름에
서로 몸을 비비며 서걱서걱 운다

피도 말라버린 억새
자신을 버리면
이듬해 다시 태어난다는
윤회 사상을 굳게 믿으며
살아간다는 가난한 억새 마을

겨울에 핀 꽃

초등학교동창회 날
하얗게 눈 덮인 섬 울릉도
선착장에는
닻을 내린 연락선이
굵은 쇠사슬로 목줄을 매고
기약 없는 날을 기다리고 있다

삭풍은
목마른 기다림을 외면한 채
넓은 바다 위에 하얗게
파도 꽃을 피우고
육지와 섬을 갈라놓았다

반쪽 동창회의 밤
끝없이 밀려오는 파도꽃 위에
하얀 눈꽃이 하늘 가득히 내린다
추억을 먹는 이야기꽃이
밤을 새우며 웃음꽃을 피운다.

시월의 밤

태화강 강나루에
억새꽃 피고
서럽게 흔들리는 그리움 담아
쓸쓸한 시월의 밤 깊어만 간다

황혼빛 드리워진
가지산 기슭에
하나둘
떨어지는 빛바랜 단풍잎
석별의 정 아쉬워
눈물 적시는
서글픈 시월의 밤 깊어만 간다

가쁜 숨 몰아쉬며
달려온 인생길
하나둘
떠나가는 어릴 적 동무들
서럽게 흔들리는
억새꽃 그리움에
외로운 시월의 밤 깊어만 간다.

부유인생(蜉蝣人生)

도포 자락
소매 끝에 뭘 그리 숨겼기에
바른 갓끈 고쳐 매고
도포 술띠 다듬느냐
행인 없는 길가에서 누가 볼까
두려 우냐
이리 기웃 저리 기웃

자식 놈
훔쳐 갈까 전답 문서
감추었나
마나님께 빼앗길까
금화 동전 감추었냐
이보시게
이 사람아 모두 다 버리시게
헛되고 헛된 것이
세상 물욕이라
옛 어른
하신 말씀 듣지도 못했는가

빈손으로
왔다가 빈손으로 가는 것이
우리들 인생인데
무슨 미련 남아
도포 자락에 감추었나

가는 세월 아쉬워 세월 담아
감추었나
백발 머리 감추려고
검은 물로 감았더니 흰 뿌리
검은 머리
어찌 그리도 흉할까
덧없고
허무한 것이 우리들 인생
부유인생이 아니던가

봄의 성화(聖火)

정월 대보름
지신을 밟는 요란한
풍물(風物) 소리가
구석구석 액운을 털어내고
달집 태우는 불꽃이
하늘을 향해 치솟는다

질병도 근심도 부족함 없는
한해를 기원하며
타오르는 불꽃 앞에
달려온 봄의 전령사들이
봄을 예고한다

혹한의 겨울을 참아온
산수유가
불변의 사랑을 외치며 찾아오고
고결한 기품을 자랑하는
매화도 꽃눈 살자기
얼굴을 내밀며 찾아왔다

오랜 세월

바람을 막아온 담벼락에

그림자처럼 다가오는 영춘화

노란빛 봄을 기다리는

목련의 목마른 속삭임을 듣는다

달집 태우는 불꽃은

해묵은 겨울을 태우고

봄의 시작을 알리는

봄의 성화가 하늘 높이 타오른다.

고목(古木)

살아 천년
죽어서 천년을 산다는 나무는
고목(古木)이 되어
세상을 향해 눈길 한번 주지 않고
허공만 바라보며 살아간다

살갑게 파고들어 얼싸안는
봄바람조차 고개를 흔들어 외면하는
슬픈 외톨박이 고목(古木)

그 푸르던 세상
나무속에 흐르던 강은 말라
어느덧 무심천이 되어

밤이면
세월의 풍상(風霜)이 할퀴고 간
아픈 상처
속살 같이 정이든 굳은살 박은 옹이를
수피(樹皮)로 감싸 안고
세월의 숱한 서러움을 가슴으로 흐느낀다.

꽃샘바람

매화가 시집간다는 말에
밤새 몸살을 앓 턴 바람이
밤이 새도록 몸을 뒤척이다가
시샘을 부린다

소스라치게 놀란 매화
꽃잎의 눈물을 떨군다
어머니는 매화를 깨운다

일어나요. 봄이 왔어요
매화가 꿈을 꾸고 있었다

봄눈

갈라진 틈새에 간신히
뿌리를 박고 모진 풍화를 견디며
벼랑 끝에 선 노송
휘어진 등에 봄눈이 쌓였다

천길 절벽 아래를 향해
두 팔을 뻗은 노송의 팔을 밀치고
벼랑 끝 아래를 바라보고
소스라치게 놀란 봄눈

노송의 등에 찰싹 달라붙어
부들부들 몸을 떨다가
식은땀을 흘리며 기어 내린다

구름 사이로 봄볕이 쏟아진다
눈 속에 덮인 새싹들이 일어난다

폭염의 끝

광복절 오후
동풍(東風)은 숨이 막힐 것 같은
진한 흙내음을 풍기며
폭염에 휘청거리는 도시에
비를 예고한다

천둥 번개를 동반한
소나기가
목마른 초원을 흠뻑 적시고
도시를 향해 달려온다

뒤틀린 양철지붕을 두들기며
요란하게 쏟아지는 작달비에
폭염은 꼬리를 내리고
슬금슬금 어디론가 달아난다.

폭염의 끝
시들어 가는 초원에
싱그러운 바람이 불고
녹색 잎은 생기(生氣)를 찾는다.

초록비

겨우내 움츠렸던
생명이 싹을 틔운 초원
싱그럽고 상큼한
나뭇잎들이 생기를 찾아
춤을 춘다
나무들은 무슨 생각을 할까
쿵쿵 심장이 뛴다
길을 잃고
촘촘히 내리는 초록비
뜨거운 첫사랑의 입맞춤을 한다.

봄비

운무로 가려진 장막을 열고
4월의 건반 위에
춤추는 봄비
강물에 몸을 던지며
겹겹이 퍼져가는
파문 속에서
은구슬 빗방울로 봄을 연주한다

초원에 돌아온 연둣빛 봄
형형(形形)이 다른
예쁜 풀잎들이
고사리 같은 작은 손을 흔들고

색색(色色)이 고운 빛깔로
곱게 단장한 봄꽃
활짝 웃는 꽃잎 위에
송알송알 맺히는
젖은 입술로 입맞춤하는 봄비
연둣빛 싱그러운 봄을 연주한다.

설 헤아리는 아이

하루에도 몇 번씩
설이 몇 밤이 남았는지
묻는 아이에게
엄마는 왼손을 들어 접었다
펴며 웃는다

아이는 울상이 되어
돌아서며
엄마는 맨날맨날 열 밤이야

낮부터 내리던
좁쌀 같은 싸락눈이
사랑방 뒷문 창살 위에 소복이
쌓이는 밤
아이는 이불 속에서
남은 설날을 헤아린다

왼손을 펴고 엄지손가락부터
하나둘 셋 접었다 펴면
열 밤이 되고
손을 펴고 하나둘 찍어 헤아리면
아홉 밤이 남는
요술쟁이 설날을 헤아린다

아이는 열보다
아홉 밤 남은 설을 위해 손을 펴고
행여 잠든 사이 움켜쥘까 잠을 설친다

설을 헤아린다
새 옷을 입고 세뱃돈을 받는 설날
맛 나는 음식을 마음껏 먹는
설날을 기다리며 아이는 꿈속에서
남은 설을 헤아린다.
손을 펴고 손가락을 꼭꼭 눌러가며
하나둘 셋 넷 설을 헤아린다

바람의 빛깔

지구온난화로 뜨겁게
달아오른 오월
소리 없이 뒤덮인 울창한 숲
싱그러운 푸른빛
바람의 속삭임을 듣는다

봄꽃 축제가 열리는
태화강 강변
화려하게 펼쳐진 봄꽃 속에
꽃마다 다른
향기를 나르는 바람의 빛깔

주인 없는 침대에
칸막이 커튼이 등을 기대는
설렁한 병실에
생사(生死)가 공존하는
틈새를 비집고 찾아온
운명이란 실체 없이 존재하는
바람의 빛깔이
슬픈 유족들을 위로하고 있다.

억새의 모성

바람은 늦은 봄을
들썩이며
마른 잎 속으로 파고들고
삶의 그림자는
하나둘
어둠 속으로 사라진다

서걱서걱
바람에 낡은 옷을 벗는
억새의 몸놀림을 듣는다

마디마디
줄기에 뿌리를 내리고
겨울에서 늦은 봄까지
마른 잎 속에
여린 새싹을 키우는 억새

순리를 역행하면서
지켜야 하는
억새의 모성을 바라본다

여름 속에 가을

한바탕 태풍이
여름을 흔들고 지나가면
미친 듯 달려드는
폭염의 기세도
소름 끼치는 열대야도
태풍 속으로 사라진다

짧아지는
낮의 길이에 길어진
그림자가 길을 나선다

바람 부는 들판에
목이 긴 코스모스가
높아진 하늘에 뒷굽을 들어
키 높이를 재고 있다

한풀 꺾인 여름이 붉은
노을을 토하는 하늘 저편에
하얀 뭉게구름이
층층이 탑을 쌓는
여름 속에
가을 이야기를 듣는다.

소설(小雪)

작은 겨울로 들어선다는 절기
소설 추위는
빚을 내서라도 맞는다는
속설이 있다
어머니는 솜 바지를 깁고
무와 배추를 거두어
김장김치를 담그고
호박을 썰어 줄에 널고
시래기를 엮어 헛간에 건다
겨우내 온돌방 땔감 준비며
소여물 볏짚을 챙기며
겨울 채비를 서두르신다
소설 때는 추워야 이듬해
농사가 잘된다는 말은
지금은 어디에서도
들어 볼 수가 없어
가슴만 먹먹해진다.

詩를 쓸 수 없는 시인

시인은
詩를 쓰고 있다
밤과 낮을 끙끙거리며
똥 마려운 강아지처럼
이리저리
다니며 詩를 쓰고 있다

하늘을 바라보고
강물에 잠긴 해를 쓰고
단풍잎을 바라보며
마지막 잎새의 눈물을 쓴다

하얀 서릿발을 보고
눈 내린 겨울을 쓰고 있다

시인은 詩를 쓰고 있다
저녁노을
꽃구름에 쉼표를 찍고
붉게 물든
단풍잎에 느낌표를 찍는다

순리에
순응하는 자연을 보고
의문표를 찍고
마지막 남은 시인의
백지장에 마침표를 찍는다

눈을 감는다
구겨진 메모장에
수없이 버려진 시어 들이
시위를 한다
시를 쓸 수 없는 시인이라
외치며!

아름다운 도시의 강

백운산 계곡 따라 흐르는 샘물
선사시대 문화유산
암각화 벽에 담고
태화강 일백 리 길을 떠난다

선바위 돌아
도시를 가로질러 흐르는 강
사계절 십 리 대밭
강물에 출렁인다

벚꽃 매화 꽃잎 강물에 뿌려 놓고
안개꽃 수레국화 꽃향기 가득한
봄꽃 축제 열리는 도시의 강변

폭염에 비틀거리며
날아온 백로 강변에 날개 꺾고
타는 갈증 채우는 강

실개천 늪지 따라
하얀 억새꽃 청량한 가을바람
바람 몰아 흔들고

떼까마귀 날아드는
금빛 노을에 뭉쳤다 흩어지는
화려한 군무 바라보는
사계절 아름다운 울산 태화강.

강이 되고 싶어라.

달 아래 구름 가듯 덧없이
가는 세월 달처럼 내가 있고
세월이 가는 것을
세월 앞서가는 내가 서글퍼진다

목로주점 벽에 걸린
손때 묻은 일일 달력 나날이
찢겨나간 세월 흔적 바라보며

속절없이 흘러가는
덧없는 세월
갈피 속 남아있는 가슴 아픈 사연들

흘러도 흘러도 변함없는
저 강물처럼
묵묵히 흐르는 강이 되고 싶어라.

가을비

초가을 비가 내린다
어제도 오늘도 내리는 비는
구름 속 하나 가득
무지개 꿈을 싣고
일곱 빛깔 고운 비를 뿌린다

비 그치면 찾아오는
가을빛 손님
행여 잊고 지나갈까
나뭇잎 풀잎마다
일곱 빛깔 고운 비를 뿌린다

통근차

열린 하늘 바람을 가르며
새벽을 달리는 너를 기다린다

길게 목을 뻗고
텅 빈 도시의 길을 바라보다
가로등 불빛 사이로
곱게 물든 가을을 본다

언제나 같은 시간
같은 장소에서 너를 만나지만
조급한 기다림은 노을빛에
그을린
숨찬 너의 가슴으로 뛰어든다

들깬 새벽
따사로운 체온에 잠든
지친 영혼들을 감싸 안고
새로운 날의 아침을 달리는 너는
오늘도 삶의 터전을 향해
도시의 숲 을지나
가을빛 고운 강변 길을 달린다.

낙엽

마지막
남은 몸속 수액을
쏟으며
붉게 타는 단풍잎
화려함 속에 탈색해 가는
아름다움

창을 열고 바라보는
창백한 노인은
핏기없는 마른 손을 만지며
긴 한숨을 내려 쉰다

체온을 훔쳐 간 바람에
달그락 마른 잎 흔드는 소리
힘겹게 살아온
삶의 끈을 놓고 허공을 향해
떨어지는 낙엽은
쓸쓸히 먼 길을 떠난다.

초겨울

발가벗은 가지에
마지막 남은 잎새들이
파르르 몸을 떨며 찾아온 겨울

거칠게 불던 바람이
윙윙 소리를 지르며 울부짖는다

하얗게 뱉어낸 서릿발이
날카로운 날을 세워 바람을
삼키는 강변에
서걱거리는 마른 억새가
반쯤 털려 나간
흰머리를 흔들며 남은 홀씨를
털어 강물에 띄운다

한차례 수초 위로 파문을
일으키며 달려가는
바람의 뒤를 좇는 하얀 홀씨는
반짝이는 강물 위에서
삶의 첫걸음을 내딛는 초겨울

해맞이

도시의 길과 길을
끝없이 이어가는 채우지 못한
욕망의 행렬이 펼쳐진다

소리 없이 내리는
미세 먼지
쉼 없이 뱉어낸 매연 속에
어둠의 꼬리를 물고 물리며
가는 해를 배웅하는 해맞이

여명의 밝은 빛을 향해 광란의
소리를 지르며
한 해의 소망을 기원한다

새해는 하늘하늘
황금빛 바닷물을 털고 일어나
한 해의 소원을 담고 힘차게
솟아오른다.

신불산 가을

신불산 간월재에
가을 품은 억새 솜털
하얀 새 품
바람 몰아 흔들고

재(岾) 아래
높고 낮은 산봉우리
멈춰버린 가을 산 수채화
설익은 단풍잎이
가을을 재촉한다

하나둘 떨어지는 성급한
단풍잎 옹기종기 둘러앉은
신불산 골짜기에
무술년 가을이 깊어 간다.

행복을 먹는 아이들

처마 끝 그림자가
댓돌 너머 저만치
마당으로 물러나면
초여름 대청마루는 분주해진다

엄마는
밭에서 갓 캐온
감자를 골라 껍질을 벗기고
강판에 감자를 간다

강판에 흐르는 감자즙을
바라보는 아이의 뱃속에서
꼬르륵
소리를 내며 요동을 친다

모락모락
하얀 김이 피어나는
가마솥 떡 시루에 까맣게
윤기 흐르는 감자떡이
팥고물로 곱게 단장하고
얼굴을 내밀면
아이들은 군침을 삼킨다

엄마는 대나무 잣대를
떡시루에 올려놓고
시퍼렇게 날이 선 부엌칼로
잣대를 따라
후후
김을 불어내며 떡을 자른다

보릿고개 넘는
배고픈 아이들의 허기진 배
채워주는 감자떡
아이들은 엄마의
땀을 먹고 눈물을 먹고
온 가족 둘러앉아 행복을 먹는다.

돌아온 봄

예쁜 손녀딸이
무릎 위에 앉아
할아버지! 봄이 뭐야?
응! 봄은
꿈이고 희망이란다

어디서 와?
산 넘고 강 건너서 오지
차 타고 와?
아니
하늘에 구름을 타고 온단다
할아버지!
봄은 언제 와?

아가야!
봄은 벌써 와 있단다
저기 노란 병아리 꽃

할아버지와 손녀는
담장에 핀 노란 개나리꽃
돌아온 봄을 바라본다.

세월 주름

청군 백군
머리띠 이마에 동여매고
여섯 줄 하얀 트랙
앞만 보고
달려온 지나간 인생길

언제나 돌아오는 등외밥상
받아들고
눈물 밥 말아 삼킨
흘러간 지난 세월

백발 머리카락
머리 위에 내려앉고
이마에
일자 주름 겹겹이 쌓여간다
골 깊은
팔자주름 눈물 담아 흐르고
얽히고설켜 버린 눈가에
잔주름이 지나간 험난 인생
세월 주름 그려낸다.

봄의 축제

해묵은 낙엽을 긁어모아
삼월의 아궁이에 불을 지피면
작천정 계곡에 벚꽃이 핀다
하얀 벚꽃잎이
바람에 날아올라 계곡 한곳 빈틈없이
하얗게 꽃눈이 쌓인다

꽃잎을 비집는 따가운 봄볕이
춤추는 품바의 색동저고리 떨어진
옷고름 옷깃을 헤치고
엿가위 치는 품바들의 흥겨운
엿가락 장단에 계곡의 봄이 익어간다

포화(砲火)처럼 터지는
꽃들의 전쟁
순서 없이 피어나는 이름 모를 들꽃
온 누리에 꽃향기 가득한
봄의 축제가 열린다.

춤추는 선물상자

아들 손주 찾아오면
떼 국물 흐르는 할미
냄새난다 할까 싶어
몸단장 곱게 하고

큰길 골목길을
오고 가는 차량마다
자라목 길게 뻗고 바라보는
애타는 기다림

어느새
저녁노을 붉게 물들고
손주 대신
찾아온 설 명절 선물상자

금실 은실 수놓은
금 보자기 둘러쓰고
손주 대신 춤추는
설 명절 선물상자 가슴에 안고
눈감으면 떠오르는
손주 생각에
눈가에 그려진 주름만큼 쌓인
그리움이 눈물 되어 흐른다.

구덕초(九德草)

어디로 갈까 걱정하지 않고
바람이 불다 쉬어가는 곳이면
어디에서나 뿌리를 내려
살아가는 하얀 민들레 구덕초

봄이 오면 민초들의
삶 속 깊숙이 뿌리 내려 그들의
상처를 치유하고
장유유서(長幼有序)의
예를 지키며 피어나는 꽃
진한 향과 꿀로
찾는 이를 기쁘게 하고
효를 바탕으로 살아간다

바람이 불면 바람 따라
날아가 어떤 환경 속에서도
자신의 운명을 개척하는
까맣게 탄 풀씨는
천사의 하얀 깃털을 흔들며
내일의 삶을 향해 훨훨 날아간다.

가는 세월

따스함은 불꽃 속에 타고
바람은 신록을 등에 업고
우거진 숲속으로 가고 있다

쉼 없이 이어진
꽃들의 화려한 축제 뒤에
비에 젖은
장미의 떨어진 꽃잎을 보며
가는 세월을 느낀다

풀잎에 단풍 들면
고향 찾아간다던 친구는
오월의 여린
풀잎 따라 홀연히 떠나고

텃밭에 남은 감자꽃이
마른 꽃대를 잡고 흐느끼는 유월
능선을 넘는 오월을 배웅한다.

폭염(暴炎)

금방이라도 삼킬 듯 헛바닥을
날름거리며 피어오르는 아스팔트
열기를 피해 달려간 해변

목덜미가 따갑도록 쏟아지는 햇볕에
발가벗은 몽돌들이 엎드려
차오르지 않는 바닷물을 잡으려고
벌겋게 달아 올라있다

한낮의 해는 바다에 주저앉아
마셔도 마셔도
채워지지 않는 갈증을 채우려고
짜디짠 바닷물을 마셔대고 있다.

불면의 밤

모공에서 흐르는 땀이
스멀스멀
온몸으로 기어 다니는
열대야의 밤

눈을 감을수록 커지는
동공의 빛
지나간 삶의 잔상들이
하나둘 용수철처럼
불쑥 튀어나와
빛의 미로를 헤매며 잠을 설친다

나뭇잎을 밟는 소나기는
처마 끝소리만 남기고
떠나버린 밤
젖은 놀이터를 지키는
희미한 불빛이
그림자를 재우고 홀로 서 있다

삐걱삐걱
녹슨 날개를 흔들며
돌아가는 실외기도 지쳐
고통스러운 불면의 밤을 보낸다.

어부의 땅

만경창파(萬頃滄波)
어부의 땅
울릉도 바다에
여명의 빛이 내리면
어부는
만선의 깃발을 돛대에 달고
포구로 돌아온다

한파에 얼지 않고
가뭄에도 마르지 않는 땅
비바람 풍랑 속에
흔들리지 않고
천 년을 채워도 넘치지 않는
울릉도 바다에
어부는 희망을 심는다

만경창파(萬頃滄波)
어부의 땅 울릉도에
석양이 내리면 어부는
황금을 캐기 위해
그물을 던지며
어부는 만선의 꿈을 심는다.

노승(천둥 번개)

참았던 분노가
하늘이 무너지듯 괴성을 지르고
날카로운 은빛 섬광을 휘두르며
얼어붙은 겨울을 잘라낸다

무섭게 번쩍이는 칼날을 피해
어디론가 달아나 버린 한파
늦장을 부리다가
노승(천둥 번개)의 칼날에
꼬리 잘린 이월은
잘린 꼬리를 버리고 달아난다

마지막 남은 괴성을 지르며
한줄기 비를 뿌려
얼어붙은 잔설을 녹인다.

시 월

가을 타작이 끝난 자리
꼬다 만 새끼줄 위에
거미줄같이 하얀 서릿발을 감고
겨울의 닻을 내린다

여명은 새벽 안갯속으로
감긴 서릿발을 풀고
시월의 마지막 아침을 연다

열린 하늘에 하얀 솜틀 구름이
높바람에 흐르고
피를 토한 듯 붉은 단풍잎은
구름 사이를 흐르며 남은
열정으로 끝 가는 가을을 태운다

시월의 마지막 밤은 깊어 가고
부르르 몸을 말아 떨고 있는
단풍잎이 가는 시월을 배웅한다.

슬픈 나이테

가로수 노란 은행알이
뭉개진 얼굴을 안고 길 위에 뒹굴며
더덕더덕
지워지지 않는
계절의 상흔(傷痕)을 남긴다

계절은 변화무쌍하게
세월을 연출하고
순응하는 자연은 알 수 없는
그들만의 음어(陰語)로
지나간 삶의 등고선을 기록한다

아직 마감되지 않는 한해의
나이테를 그리기 위해
고달픈 삶의 메시지를 보낸다.

할미꽃

뽀송뽀송 솜털을 두르고
유난히도 등이 굽은 너는
부끄러움을 많이 타는
봄의 전령사로

이름 없는 무덤가
동산 양지바른 곳에서
산 아래
활짝 핀 벚꽃을 보고 있었지

올해도 벌써 벚꽃이 피었구나.
벚꽃이 피면 돌아올
너를 찾아 동산을 오른다

시나브로 눈물

천생산 샘 집 계곡엔
오래전 시간이 멎었다.
아직 떨어지지 않은
단풍잎이
멈춘 시간 속에 갇혀 있다

이월 한파는
무서운 칼바람을 몰고
계곡으로 내려와
시간 속에 갇혀버린
단풍잎을 할퀴며
멈춘 시간을 깨우는 밤

오랜 세월 왜의 침략에
숨져간 억울한
혼령들의 울부짖음이
시나브로 흐르는 눈물이 되어
한 많은 천생산 계곡은
얼음으로 눈물 탑을 세운다.

가을과 겨울 사이

파르르

손끝에 저린

냉기에 잡은 손을 놓고

바람이 불 때마다

우수수 세상의

인연을 털고 있는

가을과 겨울 사이

낯선 노숙의 밤

불면에 떨고 있는 낙엽은

겹겹이 쌓인

동면하는 숲속에서

바스락

둥지를 찾는 겨울 철새들의

바쁜 발자국 소리를 듣는다.

밤의 포식자(飽食者)

마셔도 마셔도
채워지지 않는 허기진 강
해를 삼킨 강물이
진홍빛 노을을 삼키면
강물 위엔 어둠이 내린다

촉수 낮은 가로등이
길눈을 밝히는 도시의 밤
강물은 하나둘 켜지는
도시의 불빛을 삼킨다

바람을 삼킨 강물이
광란의 몸부림을 칠 때마다
삼킨 불빛은 흐늘흐늘
강물 속으로 녹아내린다

날이 밝아오면
배를 채운 밤의 포식자는
유유히 바다를 향해 길을 떠난다.

몽돌 이야기

세월이 세월을 밀며
상처투성이인
돌을 굴린다
세월은 흐른 뒤에
몽돌이 되었다는
전설이 있다

그 속에는
태풍과 파도가
하나로 한 몸 되어
일조를 하였다는
전갈도 있다
세월과 몽돌은 하나이다

삶의 출발

머리를 흔들며
신나게 기어 다니던
첫돌 지난 손주 녀석이
어느 날
땅을 짚고 일어나
뒤뚱뒤뚱 걸음마를 배운다

발바닥의 닿는 감각을 익히고
양팔을 흔들어
기우뚱 균형을 잡아가며
걸음마를 배운다

한 발짝 걷다가 넘어지면
일어나 다시 걷고
비틀비틀 걷다가 넘어지는
오뚝이 아이는
필사적으로 걸음마를 배운다

한 발짝 늘어난 걸음에
대담해지는 아이는
보란 듯 소리를 지르고
까르르 웃으며 손뼉을 치며
뒤뚱뒤뚱 삶의 출발을 시작한다.

감자꽃 피는 오월

김정윤 시집

2020년 4월 16일 초판 1쇄
2020년 4월 21일 발행
지 은 이 : 김정윤
펴 낸 이 : 김락호
디자인 편집 : 이은희
기 획 : 시사랑음악사랑
연 락 처 : 1899-1341
홈페이지 주소 : www.poemmusic.net
E-Mail : poemarts@hanmail.net

정가 : 10,000원
ISBN : 979-11-6284-196-9